KB083477

볼록거울 속으로

시와소금 시인선 · 115

볼록거울 속으로

정중화 시집

시와소금

▌정중화

- 한밭대학교 금속공학과 졸업.
- 2003년《문학세계》등단.
- 시집으로『징조처럼 암시처럼』『바람의 이야기를 듣는 법』
  『당신의 빈틈을 내가 채운다』가 있음.
- 수향시낭송회 회장 역임, 삼악시동인회 사무국장 역임.
- 춘천문화재단(2016, 2020), 강원문화재단 지원금(2018)
  수혜.
- 공무원(춘천교육대학교 설비팀장) 퇴직
- 현재 ㈜길종합건축사사무소이엔지 감리부 이사로 재직 중

- 전자주소 ： jjh2203@daum.net

나름 곧게
나름 많이
나름 멀리 왔다고 생각했는데
돌아보니 기껏 몇 발자국
펼쳐보니 백지다

어떻게
어디로 가야 할지
살아온 날만큼 어렵다

가슴속의 말
급하게 서두르지 않고
꺼내보려 했는데 역시, 나는
어쩔 수 없이 나다

모자라는 만큼 뛰어서 가야겠다

| 차례 |

| 시인의 말 |

제1부 귀 기울이다

제2부 볼록거울 속으로

제3부 이 뭉클한 저녁의 나는

제 1 부

귀 기울이다

다 안다

당신 아닌 다른 이와 별식도 아닌
한 끼의 식사를 하다, 문득
눈물을 삼켜야 했다
세상 어디에 눈물 없는 간절함이란 없듯
그리움 없는 당신은
내게 없다는 걸 기다림에 지친
붉은 얼굴의 노을이 안식의 어둠에 드는 걸 보면
안다, 다 안다
당신과 나, 우리는
서로 사랑하지 않고는 견딜 수 없다는 걸

귀 기울이다

적막에 길들여진 숲 앞에 서서
감히 바라본다는 말 함부로 하지 마라
어느 추운 겨울의 일인 듯
뜬금없이 새들은 날아오르고
놀란 숲은 저 홀로 적막을 깨트리고
난데없는 바람은 봉두난발
나무와 구름의 모습을 수시로 전하고
천천히 아주 천천히
풍경을 따라 걷는, 내가
눈을 감고 듣는 마음의 소리들
경청이라는 말에
감히 귀 기울이다, 라는 말을 얹으면
듣는 풍경이 가슴으로 쑥 들어온다

세상 참, 귀하다

인연

    누가 인연에 대하여 말하라, 하면 주둥이 작은 병 속에 갇힌 세모와 네모 같은 거라고, 피해갈 수 없는 날카로운 부딪침 같은 것이라고 당신과 나에 대해 자신 있게 말할 겁니다 정定[1]해진 인연, 그 운명 속의 당신과 나, 그 반짝이는 만남에 대해서도 말할 겁니다. 아주 먼 길을 가다 사막에 이르러 목이 마를 때 사막을 먼저 건너간 당신에 대하여 뒤따르는 나에 대하여 서로의 기다림에 대하여 이야기할 것입니다 회오리치는 모래바람 속에서 우연히 맞잡은 당신의 손, 우리의 만남은 필연이었다고 말할 것입니다 안녕, 다정한 단 한마디의 말이 내게 온전한 위로로 다가왔듯 당신을 만난 참 이유가 되기도 합니다

---

1) 마음을 한곳에 모아 움직이지 아니하는 안정된 상태.

따뜻한 풍경

— 담쟁이

창공을 자유로이 날고 싶은
삶의 목표였던 꿈이
산산이
깨어지던 날

세상 녹록치 않음에
절망하고 있던 아이에게
가던 길 포기하지 않고 걸어가면 그뿐이라고
아무렇지 않은 척 담담한 나를
말없이 바라보던 아이의 젖은 눈망울

아이에게 나는
희망의 길이었을까
절망의 벽이었을까, 묻고 있는데

풍경 바라보다 문득
뭔가 깨달은 듯 미소 짓는 아이

경계를 유연하게 타고 넘는
담쟁이의 푸르른 길
그 따뜻한 풍경이 눈앞에 펼쳐져 있었다

그랬으면 합니다

어떤 땐 시내버스도 시외버스도
고속버스도 자가용도 없었으면 합니다
집 전화도 휴대전화도 다
쓸어버렸으면 합니다

용기 내어 고백한 메시지
당신은 읽지 않고
하루 종일 괜한 조바심으로
들여다보는 당신의,

갑자기 울릴 것 같은
전화벨 소리

하릴없이 바라보는 허공 속으로
초점 잃은 시간이 어슬렁댑니다

더하여 내일이
오지 않았으면 좋겠습니다
그랬으면 합니다

생生

얼마나 붉고 푸른 말인가?

그대와 나 마주치기 전부터

스쳐 지나는 순간을 건너

되돌아와 손 맞잡을 때까지

죽는 날까지 함께 하겠다는 약속

애틋한 사랑의 결과로

또 하나의 생이 탄생할 때까지

어미 소가 송아지 털을 보듬어 핥듯[2]

본디 자애롭고 뜨거운

절절 끓어 어느 하루 편한 날 없겠지만

누구도 끊어 낼 수 없는

당신과 나, 우리로 거듭나게 하는

고귀한 유대의 매개여

---

2) 그루밍(grooming) : 이물질 제거, 정서적 안정, 친근한 유대.

별다른 이유가 없었네

보고 싶다는 말은 할 수가 없었네
별다른 이유는 없었네

떠난 것은 그대이고
기다림은 내 몫이라
그것 때문만은 아니었네

바람이 칭칭 걸음을 붙들고
칠흑 같은 어둠이 막아서도 아니었네

간절히 다만
그대 말고 나부터 돌아볼 시간
그것 말고는 별다른 이유가 없었네

빛난다

부딪쳐 되돌아오거나
꺾여 틀어지는 것들은
날카롭거나 빛이 난다

수천 광년을 거쳐 물 위로 내려앉는 햇살
강물의 깊이를 재는 굴절의 은밀함은
끝을 향한 절반의 투영

속속들이 알고 있을 것 같은
당장 무엇이라도 어떻게 할 것 같은

별것도 아닌 말에 되돌아오는
여자의 등등한 눈빛

말없이 흐르는 강물의 유유함도
빛 아래 엎드린 부드러운 굴복

싸워보지도 않고 두 손 든
여자 옆에 서 있는 남자

빛난다!

하필 그때

그대와 나
두 손 꼭 잡고 마주 앉아
서로를 향해 가고 있을 때

열렬한 사랑이 사정없이
그대와 나를
흔들려 하고 있을 때

하필 그때

바람이 스치고 지나는 가을 정원
단풍나무 두 그루
붉은 사랑으로 몸을 떨고 있지 뭐야

새삼스레 우린 낯 뜨거워
등 돌리고 헛기침만 하고 말았네

의자

산책길 누워있는
의자 위로 가랑잎 하나
툭, 떨어진다

누추하고 상처 깊어
매만질 엄두조차 않는,

허공을 보기 위해
그토록 새들은 날아가고
바람은 북쪽으로부터 불어오는데

고난이란 그저 힘없는 자의 몫인가?

초록

가령 초록이 뜨겁거나 따스하다면
과밀한 숲은 불온한 사랑의 온상이다
이 숲 저 숲 사랑이 사생의 싹을 틔우면
온전한 숲이 없을 터 적당한 거리마다
식목을 하고 조림을 하는 이유다

초록은 그윽하기도 하거니와 은밀하다
어느 봄날 흰매화꽃초록으로 피어
연분홍꽃초록 여름 수국이 절정일 때
초록의 그늘 아래 다정한 연인의 눈빛
은근히 뜨거워지는 걸 보면,

햇살 짧은 가을 낮빛의 잔망한 사랑은
바스락거리며 지난 시절을 그리워하고
삭풍이 지나는 거리 백설의 옷을 걸친
겨울나무는 속절없이 속사랑만 키운다

초록은 은은히 타오르는 마른 가지의 깊은

저 속사랑을 이미 알고 있을 터
새순이 돋고 마른나무 등 뒤로 설렁설렁 걸어오는
화창한 봄날 사랑은 다시 시작되리니

잊지 않고 돌아온 계절 가슴에 들어와 앉은
저 은은한 사랑들, 변하지 않는 초록이라는 색깔

어떤 못

어떤 못에 박혀 보았는가 당신은

못 박힌 생生의 손바닥을 바라보는
기여운 당신, 옆으로
하루의 일과를 마친 지친 당신의 옷이
당신 대신 못 박혀 어둠 지새우고 있고

당신은
아니라고, 이 길은 나의 길이 아니라고
부정하며 소리치는
또 하나의 당신 비명을 듣고 있고

산다는 건 이도 저도 아닌
희망이거나 아주 슬픈 희생의 결기를 지닌
어떤 못을 지나는 한 생의 찰나, 가끔
작은 연못 한 곁에 잔잔한 파문으로 던져 보는
무수한 당신의 길 같은
고요의 물수제비

이순耳順

변해야 청춘이다, 말하고 싶었지만 차마 그러지 못했다

단순한 삶을 살아야 한다고 느낀 순간 당신이 복잡해지기 시작했다

언제나 고요히, 아무 말 하지 않던 당신이 이 말 저 말 말을 하기 시작했다 나만 바라보던 당신이 아니었다

당연한 당신이 바뀌기 시작했을 때 시간이 힐끗, 나를 쳐다보며 지나갔고 울컥한 나는
내가 나만 보고 있었다는 사실을 전혀 깨닫지 못했다

변하지 않을 건 끝내 변하지 말아야 한다, 강하게 말하고 싶었지만 그렇게 할 수 없었다

털 빠진 개처럼 축, 처진 내가 지친 몸을 이끌고 터덜터덜 아무도 없는 집으로 돌아가고 있었다

저 산의 길이 말하고 싶은 것

먼발치에서 바라보는 월아산

정상 오르는 길이 보이지 않는다

뭐에 토라졌는지 길을 내어주지 않는다

지극한 내 눈은 언제까지 저 산의 명징한 거울이련만

어느 한날부터 자태 흐릿해지기 시작하더니

삼일의 이틀은 곁을 주지 않는다

하긴 길이란 것이 그렇다

혼자 걸으면 생각에 잠긴 고요의 길이지만

여럿이 지나면 시끌벅적 일상의 길이 되고

순간을 지나쳐가는 대로가 되는 것이다

저 산의 길은 그 번잡함이 싫은 것이다

소나무 갈참나무 개암나무 화백나무 산벚꽃나무

층층이 틈을 내어주는 누구에겐가 별빛이 되고

희망이 되는 그런 길로 남고 싶은 것이다

어느 맑은 날 저 산이 길을 내어줄 때

정상을 향해 오르다 흘린 땀 닦아내며

오른 길 뒤돌아볼 수 있는,

홀로 지나야 참 길이란 걸 말하고 싶은 것이다

어떤 날은 슬픔을 먹고 사는 것이다

내 몸 어디에도 나我라는 표시하지 않고
여태껏 살아왔다. 비록 통속할지언정
내 길 위에 나만 서 있지 않았으며
네 길 위에 찢어진 내 신발조차 버리지 않았다
고통이며 절망 따위의 거추장스러운 것들
가라며 이젠 다 가라며 돌아서 나온 그 길
또 하나의 좁고 구부러진 새 출발
이젠 괜찮을 거라 위안하며 다짐했건만
의지와는 다른 끝이 보이지 않은 길
내 지친 마음이 내 육신을 더욱 지치게 하는 날
가거라 하면서 잡은, 잡고 있는 시간에게
이러지도 저러지도 못하고 있는 순간
지나온 시간이 울컥, 슬픔을 전한다
그래 울자, 때론
슬픔 앞에서 까마득해지기도 하겠지만
어떤 날은 슬픔을 먹고 사는 것이다
저 멀리 보이는 짙푸른 산들
먼 길 가는 나그네의 눈물을 먹고 커가는 것이다

제 2 부

볼록거울 속으로

관망

정상을 향한
앞뒤 돌아볼 여유도 없는
무지막지한 저돌성

꺼려지고 두려운,

이 망설임이
차라리
평생을 살아가게 하는
생명줄이어야 했다

볼록거울 속으로

하루를 시작하는 아침처럼 보이는 시간의 전부를 영원이라고 한다면 달리는 영원이 멀리 전조등을 비추기 시작할 테고 아득히 동행이란 기착지가 보이기 시작하면 당신의 안부가 궁금해지기도 하겠지만 먼 당신과 가까운 당신 사이에서 망설이기로 한다

먼 길 휘청이며 돌아온 스산한 바람이 소슬한 가을을 붉게 물들일 때, 울울창창 허공을 향하던 나뭇가지 하나 남은 이파리 툭, 떨어뜨리며 쓸쓸함을 각인할 때, 어두운 겨울을 감싸 안으며 소리 없이 퍼붓는 폭설 속에서 끝없이 피어나던 눈꽃, 그대에게로 향한 발자국 깊게 남길 때 사랑한다, 사랑한다, 수없이 되뇌던 내가 당신을 향해 던진 어느 봄날의 꽃폭탄처럼 먼발치서 볼록거울 속으로 다가서는 당신에게 초점을 맞춘다

거울에 비친 저를 볼 수 없는 당신이여, 당신은 멀리 있어 작고 선명하거나 너무 가까이 있어 보이지 않는 것처럼 나는 당신에게 끝없는 행복이거나 덧없는 현실이다 가끔 외로움의 눈물 몇 방울 떨어뜨리기도 하겠지만 이내 닦을 것이고 편히 쉴 자리

찾을 것이다 섭리는 우리의 인연을 안내할 테지만 방황하는 걸음으로 후회 없는 길을 갈 것이다.[3] 문득 서로에게 가는 길이 하염없이 멀어지거나 가까워진다

---

3) 밀턴의 실낙원 마지막 부분 변용.

구름

제주도 가는 하늘길에 펼쳐놓은 구름
경남 산청군 단성면 배양마을 목면시배유지[4]의
목화밭 같다고
에버랜드 입구에서 아이들에게 꿈을 나누어 주던
돌연 돌연사했다는 초로의 아저씨
지상에서 마무리하지 못했던 풋풋한 희망과 저만 몰랐던
세상을 향한 사랑 이야기와 더불어
옥황상제께 진상하는 달콤한
토끼 같고 보노보노 같은 솜사탕 같다고
1969년 7월 21일 버즈 올드린이 착륙한 달의 표면
끝없는 우주 공간을 날아온 장엄한 폐허,
그 검은 운석의 바다 같다고
누군가 말하는 걸 들은
제주도 애월읍 밤 바닷가 싸울 듯 덤벼드는
거센 파도의 품새 좀 봐라
아니라고, 절대 그럴 리 없다고
제주도 밤바다 파도치는 모습 그대로

---

4) 문익점(1363년, 공민왕 12년)이 들여온 면화를 처음 재배한 곳.

허공에 널어놓는 걸 봤다고 열변을 토하며
흥분하여 달려드는 것인데, 그렇다 한들
이미 나는 이곳에 누워있다는 걸
저들은 알까?

에나로 성당

진주에 와서 처음
비봉산 에나[5]로 산책길을 걷는다. 춘천에서
걷지 않은 산길을 진주에 와서 걷다니,
무서운 것이 많았다 누가 나 모르게
내 뒤를 바싹 따라붙을지도 모른다는 강박
저런 놈을 30년 넘게 공직에 담아둘 수 있었느냐는 비원
이미 범했거나 범했을 죄악들에 대한 자발적 고해
잊은 건 아니었다
한 발짝 걸음을 옮길 때마다 지은
죄, 하나씩 소멸되지 않는다는 것
믿은 적도 없다 다만,
누구에게 지은 죄 말할 수 없었다
아무도 없었으므로 있었다 해도
웃어넘기거나 들어주지 않았을 테니까
이따금 정신 차리라며 등짝을 후려갈기는 바람의
회초리와 비명 대신 질러주는
나무들, 숲의 메아리, 그 아우성들

---

5) 정말, 진짜라는 뜻의 진주 사투리.

고요히 앉아 고요히 들어주는 풀
가까운 사람이 자꾸 멀어질 때
의심이 의심을 낳고 불신과 동행하려 할 때
외로움이 외로움을 점점 멀리하려 할 때
죄 사하는 길은 애오라지 걸어야 한다며
또각또각 따라오는 나무계단길
회초리에 멍든 낙엽이 사뿐사뿐 깔린
비봉산 에나로 산책길에 휴지 하나
버려지지 않는 이유가 있다

모습들

바람소리 죽비소리 같다는 말에 정좌한 나무, 바람처럼 산다며 바람의 저편으로 휘청이는 나무, 휘청이는 척 이내 바로 서서 매무새 매만지는 나무, 공쭌은 공供이라며 합장하여 절하는 나무, 어질다는 말에 겸손히 먼 산 바라보는 나무, 느닷없는 바람에 화들짝 놀라 잎 떨구는 나무, 잎 떨구지 말라는 말에 마른 몸 하늘거리는 요염한 나무, 홀로일 땐 철저히 홀로인 여럿 중 하나인 뚝 떨어져 있는 나무, 이 나무 저 나무 다 같은 나무인 것처럼 저들이 숲이라서 저도 숲인 나무, 숲에 들면 저만 보지 말고 바람과 그늘 아래 풀들의 속삭임 들어보라는 나무, 저처럼 살아본 적 있느냐는 질문 무심히 던지고는 시치미 뚝, 떼는 나무, 평생 꽃피우지 않아도 당당한, 꿋꿋하고 소쇄瀟灑한, 때론 휘어질 줄도 아는 하동군 화개면 쌍개로 대나무 숲 대나무들의 모습들

아름드리 그늘 밑에서의 당부

초록은 초록 속에서 어둠과 동색이고요 결실에 버금가지요 말과 말씀은 일차원과 삼차원이거나 수평과 수직의 차이와 같고요 어긋난 평등의 판관일 수도 있죠 항상 그때와 지금은 딴판이고요 어제는 가고 없고 오늘의 시간에 상관없이 내일은 오지 않을 수 없다는 거죠 가재는 게 편이고 거기가 거기라는 결론 뒤에서 왜곡은 이루어지고 힘없는 자는 유서도 없이 익사했거나 동사했다는 진실의 소문은 북극 어느 한구석 빙화석의 조각으로 새겨져 아무도 찾을 수 없었고 가질 수도 없었다는 먼 훗날의 기록을 남겼다는 건 아무도 알 수 없었거나 알리지 않았다는 고의의 방증 그러므로 의문과 의문 사이엔 의혹이 곁들여 있고 바람을 탄 뒷말들이 초록을 흔들면 덜 익은 열매만 속절없이 떨어지는 해명[6]을 동반한 미필적 고지들

그늘의 깊이가 깊을수록 어둠은 짙어지고 다수가 침묵하는 냉정한 시대의 속성을 여지없이 드러낸다 혹여 그대 이 시간이 싫고 속이 상하여 외면하고 싶다고 해도 아름드리 그늘에서는 가만히, 그저 가만히 익어가는 계절의 뒤태만 지켜보시길,

---

6) 해명海鳴 : 바다에서 들려오는 천둥과 같은 소리. 태풍의 징조.

내 일기를 훔쳐 읽은 당신의 생각

우습다고요, 지나다 부딪친
우연한 풍경에 웃음이 난다고요
홰를 치며 날아오르다 날개를 다친
붉은 볏 수탉의 속 훤히 들여다보이는 어설픈
치열한 삶이 좋다고만 할 수는 없는,
덜컹대는 차창 밖 풍경에 칭얼대는 아이처럼
무성한 넝쿨 아래 축축한 개흙밭 어둠 속을 헤집고 다니는
지렁이의 눈처럼 그 울음소리처럼
스스럼없이 내놓은 날것들의 색깔은 언제나 칙칙한 유색
표면으로 맞닿아 있는 알맹이들의 투명을 향한 투덜거림
제자리를 맴돌다 스러질 것 같은 무모한 것들의
당신에게 버려졌거나 스스로 외면한
별일도 아닌 살아가는 날들의 그저 그런
각별하지도 않은 일상의 고백
자꾸 웃음이 나는,

넌들 그리고 싶어 그랬겠니

싹

호박이 넝쿨째 굴러들어왔다 삼십 년 전의 일이었다

부슬부슬 내리는 빗속에서 돋아나는 싹들, 거름이 되어주는 일 말고는 아무것도 하지 않은 내가 전혀 부끄럽지 않았다

바라보는 것뿐이었지만 주어진 역할이 그것이라고 생각했다

가끔 무엇이라도 하고 싶었지만 아무것도 하지 않았다

여태껏 아무것도 하지 않은 후회와 어떤 것을 행했을 때의 가정, 그 미련 사이로 아무것도 모르는 듯, 별일 아니라는 듯 제법 튼실한 싹들이 머리를 내밀고 있었다

아무도 쓰지 않을 영원이라는 말

어디서 본 듯한
기억나지 않는 일들이 반복되고 있다

키친kitchen엘 가려고 한 건지
치킨chicken을 먹으려고 한 건지
갈피를 잡을 수 없는 행색

아득한 길을 걸어온 지워진 지문의 사유를 묻는
허무처럼 개흙밭에 숨겨진 지나온 날들의 발자취

바람을 타고 발아된 키 작은 소나무 휘청대며 자리를 지켜야
하는 건
　누군가의 강권이거나 저도 모르는 일상의 일부분

접붙인 살구대목에 홍매실 꽃 철없이 흐드러지고 매실나무
살구접 아무것도 아니라는 듯 분홍꽃 개진개진 피어나는 어느
봄날의 아침처럼
　상관없는 생의 착각이거나 방관 혹은 인지의 피로현상

당신만을 사랑했을 거라는 가여운 추측과 끊임없이 반복될
오마주

나름 진지했다 믿었던 어느 순간의 지루함[7]

너절한 생의 오만한, 그저 그런 느낌표

아무도 쓰지 않을 영원이라는 말

---

7) 클리셰|cliche.

이응(ㅇ)

원주 응력은 축 응력의 2배이다

나의 성씨가 정씨가 아니고 점씨였다면 어땠을까?
정몽주의 호가 포은圃隱이 아니고 포믄이었다면 이씨조선이,
대한민국이 융성했을까?

예상치 못한 누군가 함께 하자며 슬쩍 당신의 옆구리를 찔러
왔을 때의 신음, 단말마의 비명 혹은 참을 수밖에 없었던 음흉
한 웃음소리, 그 시발점

굴러가는 바퀴 굴러가는 바퀴 굴러가는 바퀴 반복해서 되뇌
다 보면 저도 모르게 멀어져가던 바퀴처럼 생의 태반을 달려온,

붉은 토마토, 쌀의 눈, 아버지의 주름진 손마디, 반짝이는 별
빛 그리고 당신이 좋아하는 그것까지도

모난 당신이 쭈뼛쭈뼛 덜컹거리면서도 밥술이나 뜨며 살아갈
수 있는 것은 떠받치며 돌아가는 둥근 우주가 있기 때문이다

남겨진 것들의 핑계

남겨진 것들은 퇴색하거나
사그라져 흩어진다

대개의 살아온 날들이 그렇듯
빠듯했던 여유와 무심히 견뎌왔던
어눌한 나날들이 정체를 드러냈을 때
남겨진 것들의 흉함, 그 일그러짐이란

핑계는 쓸데없이 하찮다
회귀의 기약 없이 허공을 향해
날갯짓하는 철새들의 긴 여정
기다림이 전부인 아득한 날이다

대개의 사랑이 등 뒤로 살포시 와서
대담하게 이별을 말하고 사라져 가듯
떠난 이는 사랑을 추억하는 것이고
남겨진 자들은 시치미 뚝, 떼고
또 하나의 핑계를 양산하고 있는 것이다

기척

기척은 외롭다는 인사
지나는 이를 간질이는 귓속말
어둠을 찾아가거나
새벽을 기다릴 때
소스라침은 반갑다거나
함께 하자는 마음의 몸짓
스치고 지나가는 바람이
마른 나뭇가지 옆 쓸쓸한 어둠이
접어드는 골목 전주의 옅은 떨림이
어둠을 향해 홀로 가는 그믐밤이
외로움이 또 다른 외로움에게
뒤돌아보고 뒤돌아보면
기꺼이 안부를 전하려 하는,

거기, 당신 뒤의 기척 하나

꿈

도무지 잠이 오지 않는 겨울밤 좁은 침대를 뒤척거릴 때 얼굴에 와 닿는 둥둥 북소리 들려오는 차가운 벽의 느낌을 이승과 저승 사이의 무서운 생시生時라고 한다면

정신 차리려 했으나 인적조차 없는 컴컴하고 으슥한 거리를 지나 느티나무 아래 붉은 벽돌집으로 향하고 있는 발길을 본능本能이라고 한다면

다시 돌아가지 않겠다는 힘겨운 내 안간힘 뒤로 내가 멀뚱히 서 있고 집은 끝없이 오라, 오라 반복하여 재촉하고 불빛으로, 불빛 속으로 자꾸 뒷걸음치려 하는 나를 혼돈混沌이라고 한다면

도저히 참을 수 없고 아무도 믿을 수 없어 세상을 향해 던지는 어둠이라는 돌멩이, 돌아가려 해도 옴짝달싹할 수 없는 나인 듯 아련한, 벽은 휘청거리고 천장은 내려앉고 숨은 차오르고 누군가 나를 흔들고 식은땀은 흐르고 등 돌리고 얼굴 가리고 말 없이 서 있는 당신은,

쥐

나는 한 마리 쥐었다
몰래 감춰둔 임연수어
가마솥 뚜껑 위에 올려놓은
그 뼈끼지도 몰래 훔쳐 먹은,

먼저 가신 아버지 저승길 좇아 날던
날개 접힌 가여운 새
두 손 꼭 잡고 착하게 살라 하시며
이젠 여한이 없다,
살포시 웃으시던 어머니

아내가 구워 올려주는
잘 익은 생선구이에
부지불식간 찾아가는 어머니의
밥상, 천정으로 둥둥 떠가는
생선 훔쳐 먹는 쥐

외면

죽고 못 살 것 같던 사랑
사랑도 익으면 외면이 되는가?

외면이 얼음 같다는 말
다 거짓말이다
등 돌리고 바라보는 산이며
강이며 풀이며 나무들
바람에 날리는 풋풋한 눈발들
당당하게 걸어가는 발과 발자국들
저 홀로 꼿꼿이,
얼마나 따뜻한 외면인가
적막이라는 말도 아니다
나에게 쏠린 그동안
그대의 눈과 귀는
얼마나 어두운 겨울밤 같았나
이제 뒤돌아 마주 보아도
담담할 것 같은 각자 생生의
풍경을 향해 걸어가는,

제 3 부

이 뭉클한 저녁의 나는

봄

겨울 적막으로부터 온다
고요히 새벽 고요로부터 온다
함박눈 사이를 뚫고 젖은 몸 흔들며 온다
은근슬쩍 꽃부터 피우며 온다
언덕 넘어 개나리꽃처럼 불현듯 온다
산수유 자목련 고요히 핀 공원을 지나
아지랑이 꽃 피는 신작로 건너
알리지도 않고 유유히 온다
점멸등 깜빡이는 사거리 망설이지도 않고
저를 반기는 사람 돌아보지도 않고
너무 빠르지도 않게 느리지도 않게
어제와 다른 골목 헷갈리지도 않고 온다
지그려 닫은 사립문 지그시 열고 온다
눈부신 햇살 타고 베란다 창으로 온다
나의 너, 너의 너란 말 알리지도 않고 온다
꿈꾸듯 왔다 가버리는 야속한 사람처럼 온다

시인 유감

흐르는 강에서 펄떡이는
한 마리의 물고기를 낚아 올리듯
멋진 시 한 편 써보려 마음먹고
음미하고 음미하며 시를 읽는다

한 백 편쯤 읽고 또 읽어
시구 하나 건져볼 생각으로
꿰매고 꿰맨 시구 시래기 엮듯
시 한 수 생산해볼 요량으로

그러다 문득, 시인은 타고 난다는 생각에
흘러간 시간 속 낡은 내 시를 다시 꿰어보니
그저 기억나지 않는 행간의 배열뿐,

시를 쓴다고
다 시인은 아닌 것 같다

이 뭉클한 저녁의 나는

　이 뭉클한 저녁의 나는 커가는 아이에게 무엇이 되라, 말하지 못합니다 헷갈리며 산 삶에 대해 어떤 것도 강조하여 말할 수도 없습니다 어느 날은 너만의 길을 가는 통통 튀는 공이 되라, 했다가 어떤 날은 오르기도 하고 내리기도 하는 뿔 달린 계단이 되라, 하지요 한 대 맞으면 두 대를 때리라 했다가 발 뻗고 잠자는 선한 자가 되라고도 하지만 알 수 없지요 정말 알 수 없지요 피동에 떨리는 파동을 더하면 능동이 되기는 하는 건가요 부정에 눈물 나는 부정을 더하면 긍정이 되는 게 맞기는 하나요 절박한 사람에겐 눈물도 희망의 강이 될 수 있나요 아비한테 매 맞고 어미도 외면한 저기 먼 버려진 아이는 성자가 되어가고 있나요 여기 가까운 이 아이는 칭찬만 듣고 자라서 평범하게 작은 건가요 아직 숟가락도 놓지 않은 노을에게 치근대는 어스름 저녁을 어둠에게 고자질했다고 저 달은 얼굴이 붉어졌나요 환하게 웃는 별빛은 아무것도 못 봤다지요 아무리 생각해도 알 수 없는 어둠의 속셈은 누구에게 물어야 하나요 이 뭉클한 저녁의 나는 아이에게 무엇이 되라, 해야 하는 건가요

논하지 않는 꿈에 대하여

하루의 고단함을 지우기 위해 취하는 게
길지 않은 하룻밤의 숙면이라면 더 이상
꿈에 대하여 논하지 않기로 하자
가령 어느 날 꿈속에서 당신과 내가
열렬하고 황홀한 섹스를 나누었다고 치자
퍼뜩 놀라 깨인 현실에서 나는
그리고 당신은 얼마나 당혹했겠는가
따지지 말자 달콤하게 젖은
팬티 한 장의 얼룩에 당황해 하지 말자
괜한 상상에 붉은 얼굴이 된 나와
멋모르고 앉았다 들킨 당신과의 묘한 장면 속
나를, 당신을, 우리를 본 그들은
사랑의 고백 없이 나눈 질펀한 현장
꿈의 어느 부분에서 우리와 마주쳤겠는가
꿈의 어떤 장면에서 붉어진 얼굴이 되었겠는가
두 번 다시 상관하지 말자
나와 당신이 오늘 늘 대하던 얼굴로
그들을 대할 수 있는 건 꿈이 아닌

꿈꿀 수 있는 현실 속에서 살기 때문이다

끼어들기

외사랑이기 때문일 겁니다, 아마

생애 단 한 번뿐일 거라는 짧은
생각 뒤의 긴 허무를 모를 만큼
헛되이 살아온 것이 아님을 알기에

힐끗 스치는 백미러에 비친 아릿한
각인, 그 모습 애처로워 차마
잊을 수 없음이 전부가 아님을 알기에

누구는 고독이 눈부시다, 했겠지만
침묵을 잠식하는 고독이란 슬픔을 동반한
칙칙한 유색이라는 게 알려진 유일한 정설
그리움이란 때때로 어둠에 젖어 오로지 그대라는
전부를 향해 꿈길 떠나는 아득함이기도 하겠지만

이 사람 저 사람 그리움을 향해 달리는
그들을 젖히고 또 젖히며 온몸

땀에 젖는지도 모르고 끼어들기를 하며

그대를 향해 가고 있습니다

잎

나는 가진 게 없고

버려졌으니 버릴 게 없고

다시 버려질 일 없고

손이 없고 다가설 발이 없고

흔들렸으나 상처받을 가슴이 없고

바람의 숨결과 속살댔으나

뿌리가 없고 열매가 없고

입이 없다

늘 하늘 바라보지만

눈이 없다

차가운 바람을

눅눅한 어둠을

지나는 숱한 계절을

추억의 책갈피를

녹록치 않은 오늘을

옆구리에 끼고 서서히 가라앉을 뿐

나는 지금 목이 마르고

그대에 마르다

그리하여 간절한 나는

애마른 잎이다

잘

겸손한 가슴 들어 앉힌 당신에게 누군가
살아온 생의 깊이에 대해 묻는다면
잠시 망설이거나 잘, 모르겠다고 답하겠지만 어쩜
그것은 질문 속 숨겨진 배려에 대한 적절한 응답
웬만큼 알 것은 안다는 흐릿한 긍정의 인지
살아온 만큼 책임질 수 있다는 경험하고 이룬
삶에 대한 자긍이거나 흐려진
끝말 뒤의 꼿꼿한 낮춤
섣불리 물들지 않고 올곧게 선다는 현명한 대답
알아야 알아지는 저만의 생이 있어 가만히
내면을 들여다본다는 것
그 안의 길 열어 훤히 뚫고 간다는 눅눅한 다짐
뒤돌아보지 않고 당당한 마음 품어 안고
익숙하고도 능란하게 조금은 무디게
다만 오로지 생의 전체를
그저 충만한 마음 하나로

수국

칠월 땡볕에 퍼질러 앉은
저 여자 이름
왜 하필, 수국인가

불러도,
불러도 대답 없는

속으론 수국, 수국 답이라도 하련가 마는,

햇살도 겨우 몸 비집고 들어오는
키 큰 담장 아래 우물가 비좁은
화단에 머리를 풀고 수그리고 앉아 있는
어디 거길 닦고 있기라도 하나
붉어져도, 붉어져도 분홍인
한 무더기의 수국

뜨거운 몸으로 계절을 나는
저 여자

아편중독자

어떻게 알고 찾아오는지 기가 찰 노릇이었다
아무에게 알리지도 않고 옮긴
판자촌, 어둡고 침침한 그곳을
어떤 수를 써서 알고 찾아오는지
열 경찰 도둑 하나 잡지 못한다고
올망졸망 제대로 누울 수도 없는
단칸방, 얼마 남지 않은 온 가족의 끼니
쌀 몇 말을 지키다 깜박 잠든 깊은 밤의
무의식, 그 짧은 순간
주검처럼 의식 없던 그가
폐인처럼 늘어져 잠들었던 그가
현실과 꿈을 오가는 기억의
혼돈, 어떤 환영 환각의
힘으로, 빙의된
어떤 영혼의 힘으로
무거운 온 가족의 입을 들고 유유히 사라졌을까?
그날 이후 다시는 만나지 못한 그는
기억의 아득한 편린

가끔 추억으로 회자되어 만나는 그는

아버지의 하나뿐인 동생, 나에게는

작은 아버지였다

길몽 유감

별에서 온 그녀가 사랑한다며
사랑한다며 다가서는 순간

머뭇머뭇 주저하다 깬
아쉬움 가득한 꿈밖엔

잠꼬대하다 침대 밑으로 추락한 나와
밤새 뒤척인 어둠이 새벽까지 서성거렸습니다

세상의 단면

나무는 눈이 많고
풀은 귀가 많고
바람과 물은 가야 길이 많다

사람은 나무의 푸른 눈과
풀의 겸손한 귀와
바람과 물의 다양한 길을 품고 산다

나무의 눈으로 보고
풀의 귀를 따라 조아리고
바람과 물처럼 끝이 보이지 않는
끝없는 길을 향해 간다

이리저리 어우러져 사는 게 세상이다

이렇다 저렇다 말 많아도
가진 것 많거나 적거나 저들끼리 부대끼며
나름 자세 잡고 사는 걸 보면

허물어진 집

사람이 떠난 자리 태態가 난다
방은 말이 없고
마루는 그저 시름만 깊고
답답한 문은 자꾸 제 가슴을 쥐어박고
말 없는 부엌을 들여다보던 저물녘 노을은
차라리 어둠으로 들어가 버리고
나무는 잎을 툭툭 떨구고
걷어차인 울타리는
걷어차는 바람과 더불어 휘청거리고
귀뚜리는 울고
참, 사람처럼 울고
계절은 을씨년스럽고
냉정하게 차다
그러나 올 것은
반드시 오고야 만다
상처를 담아두지 않은 사람이여
절망이라고 생각했을 때
삶은 드디어 시작인 것이다

유고시집을 읽다

동행할 수 없어
남겨진
쓸쓸한 말들이
꽃으로 피어났다

위로하고
다독이는 힘으로
슬픈 잉여의 단어들이
꽃으로 피어났다

세상 미물조차
허물 한 채 남기고 가듯
유고의 말들이 남겨진 이들을 위한
잊히지 않을 꽃으로 피었다

추억과 만나는 법

　넓고 빠른 길을 두고 굳이 비포장 잿길[8]이나 굽고 휘어진 길을 에워서 돌아가거나 남들이 가지 않는 푸서릿길[9]이나 자드락길[10]로 접어든 그를 보며 호젓함을 떠올릴 것이다 유년의 울타리 뒤꼍이나 가을의 끝자락 노을 앞 서덜길[11]에서 그와 자주 부딪치는 이유겠지만 사람은 본디 홀로 갈 길 가기 마련이니 벼룻길[12] 지나다 그도 휘청대거나 흔들릴 것이다 시시때때 둥그러지거나 휘어진 등굽잇길[13]로 돌아갈 것이니 두 번 볼 일 없는 것처럼 천천히 세밀하게 그의 면면을 살펴야 할 일이다 훗날 그가 다시 돌아오지 않는다 해도 기뻐 들뜨거나 슬퍼 체념하지 말며 세월의 뒤안길[14]에서 함께 한 시간들을 기억하며 그와 만날 채비를 하면 될 일이다 다만 겉모습으로 그의 정체를 유추하지 말 것이며 냉정하게 일정 거리 밖에서 손 인사만 해야 할 것이다

---

8) 언덕배기로 난 길.
9) 풀이 무성하게 난 길.
10) 나지막한 산기슭 경사진 좁은 길.
11) 강이나 냇가에 돌이 많이 깔린 길.
12) 강가나 바닷가 낭떠러지로 통하는 비탈길.
13) 등처럼 굽어 있는 길로 비교적 완만하게 활처럼 휘어진 길.
14) 늘어선 집들의 뒤쪽으로 난 길.

김칫독을 묻으며

간밤 강추위에 김칫독을 묻으려 파다만 땅이 꽁꽁 얼어버렸다 가만히 두어도 좋을 견고함 흐트러뜨린 과오 꾸짖기라도 하는 듯 앙다문 서릿발을 드러내며 저항을 한다 어둠에 갇혀 싹틔움이 간절한 시절의 한때 오로지 살아남아야 한다는 하나 되는 마음이 저러했으리 절망을 깨고자 분분히 일어난 불꽃 같은 초록의 기운이 저러했으리 절망을 깨고자 분분히 일어난 불꽃 같은 기운이 저러했으리 긴 겨울을 견디며 봄을 기다리는 순수가, 부딪치고 부딪쳐 장강에 이른 바다를 향한 강물의 결기가, 얼어붙고 흐트러진 것들 하나로 모아 숙성하던 당당하고 강렬한 온 겨울의 깊이가 저리 깊고 강건했으리 저러한 흙의 마음을 강제한 내가 김칫독 주위를 꾹꾹 눌러 다지며 사랑하는 그대를 생각한다 함께 하지 못한 시간에 대해 미안해하며 어떠한 사랑도 희생이 뒤따른다는 것을 다시 한번 상기해 가며

제 4 부

감리의 계절

돌보지 않는 무덤

고립은 그저 생에 대한 무언의 항변이었건만 고립을 외면하는 무지의 불효 불충들

누가 내 가슴에 대못을 박았는가?

감리의 계절

나는 누구인가, 되묻는 질문에 되돌아오는
간결한, 침묵
박애博愛란 말에 눈물지어 본 적 없으나
이 생의 대부분을 나 아닌 다른 이를 더 많이
그리워하고 사랑했었다 다만,
헐떡이는 시간 앞에서 한없이 누그러지던
오해에 대한 미련과 화해의 제스처
내게 오직 그대가 아니었던 건
내 생조차 관여한 적 없었던 타협에 대한
간절함도 없는 또 하나의 타협
이젠 사랑하기로 한다
다가가는 만큼 멀어지던 지독한
삶의 굴절들
가고자 했던 곳은 언제나 몇 발짝 뒤의
아득한 목적지
여윈 하루가 저물어 어둠 속으로 가듯
다시 반기어 여명이 오듯
얽매어 숨 막히던 청춘의 시대는 가고

감리監理의 계절이 왔나니
한 생의 반을 지나온 굴곡진 시간들이여
불면에 갈증 난 詩들이여
네 뜻대로
네 마음대로 가라

붉은 사과

때깔 좋은 붉은, 사과를 샀다

매 끼니 해 먹는다는 게 귀찮기도 했지만
단잠과 피곤함이 어중간한 새벽
어스름 깨어 깎지도 않고 크게 한입 베어 문
싱싱하고 아삭한 날것의 식감
새콤달콤으로 시작하는,

붉음의 속살이 새콤달콤함이라면
지루한 일상이 지겨워 손목을 그었다는
친구의 속살은 흘러내리는 짙붉음,
생을 끝맺음하려 했을까

어쩌다 소식을 접한 시퍼렇게
아무 일 없던 것처럼 살아가고 있다는
그 친구, 짙붉은 생의 끝에서
장황하고 비루한 제 속살 제대로 보기는 했을까
그러다 깬 현실에서 붉은 사과의 속살

깨물어보기는 했을까, 그 새콤달콤한

맥문동

속절없이 한 해를 보내야 하는
12월의 끝자락
이팝나무 그늘 아래 차마
한 생의 목숨 내어놓지 못한
몇 포기 맥문동이
이별의 안부를 전한다

오 오 가여운,

그러나

이별의 시작은 마주 보는 것이다
눈물은 흘리지 않는 것이다
떠나는 이의 모습 다시 안 보려는 것이고
뒤통수에 침도 뱉지 않겠다는
다짐인 것이다

다만 이 겨울 끝끝내 견디어 낸

늦은 봄날, 스스럼없이
연한 보랏빛으로
사랑하는 그 기쁨으로
다시 피어나는 것이다

짝사랑

뭔가 달라지려 했다, 사실

달리 보이고 싶었지만 누구라도

그리했을 거라 믿고 싶지만

어느 날 가던 길 그대로의 모습으로 내게로 온

당신에게

다가온 만큼 다가가야 한다는 일종의

일방적이고 획기적인 환상, 조금 더

빛나 보이고 조금 더 도드라진

멋진 내가 되고 싶기도 했지만

겨울밤 0시 5분[15]이란 시를 읽으며 연신

멋져, 멋져 웅얼대던 나처럼

달라진 내 모습을 자꾸 보다 보면 혹 내가

달리 보이지 않을까 하는,

아니다, 아니다 반복하다 보면

아닌 게 아닌 내가 그만큼

옷깃을 가다듬듯 마음을 여미고

한마디 말도 못 붙인 듬직함뿐인 붉은 가슴으로

---

15) 황동규 시인의 시집 "겨울밤 0시 5분(문학과지성사, 2015년)"에 실린 시.

한 발짝씩 당신에게 다가가고 있겠지
한 번 두 번 자꾸 부딪치다 보면
불꽃이 튀는, 일방적
사랑의 마모는 죄가 아니라면서

항아리를 닮은 꽃

세월 들어 늙어가는 즈음
첫째도 둘째도 건강이라는
말의 끝 뒤로
살 좀 빼라는 딱딱하고도
뾰족한 창이 낳은 전면전

웬만큼 비어서는 티도 안 나는
통 큰 항아리 덕에
이나마 입에 풀칠하고 산다는
서슬 푸른 방어의 항변으로 시작해

비가 올 것처럼 잔뜩 흐린 날
항아리 뚜껑이나 덮으라는 듯
당신, 할 일이나 제대로 하라는 듯
쌩, 하고 토라져 버리는 아내

그래, 넓고 깊은 소싯적 그 마음으로
여기까지 왔지, 라며 애써 다독이는

항아리를 닮은 꽃, 같은

뚝배기보다는 장맛이라고
그대가 해대는 항아리 속 꿀 같은 잔소리에
오늘도 행세하며 살고 있는 것이라
자위를 해 보는 것이다

휴게소 에필로그

— 서둘러 가는 이를 위하여

춘천에서 진주까지
다섯 시간 가까이 운전대를 잡는다는 게
여간 고역이 아니다
잠시 잠깐 쉬기도 하고
누가 시키지도 않은 노래
목청껏 부르기도 하고
살며 무슨 죄 그리 지었는지
회개하듯 뺨까지 때리며 가고 있는데
저도 어쩌지 못할 깜박임 사이
요단강과 삼도천을 건너는
찰나의 경계,
남과 북 그 팽팽한 긴장 사이에도
비무장지대라는 완충지가 있어
오가는 동물들 평화를 기약하듯이
출발지와 목적지,
지상과 지상 사이엔 허공이 있어
철새들 편히 쉬며 저어 가는데

사후의 경계를 영원한 현재[16]라 하지 말자
겨울이 건조하고 서늘하여
서둘러 봄으로 향하는 사람아
부디 이곳에서 쉬어 가시길

---

16) 어떤 물체가 빛의 속도로 달린다고 가정하면, 시간은 흐르지 않고 멈추게
되는,

콘크리트면 고르기

조금 더 가면 비포장 길이란 걸 알았을까?
접근금지 경계선을 넘어
채 굳기도 전인 콘크리트 면을
누군가 밟고 지나갔다

남이 가지 않은 길
발자국 남기며 간다는 건
얼마나 씩씩하고 용감한 일인가?
(무례하고 난감한 일일 수도 있을 테지만)

미련 없이 떠난 사람에 대하여
황혼의 옷자락을 붙들고 놓지 않는
저물녘 추억에 대하여

하나를 추억하면 하나가
잊히는 게 삶이라 하지만
가는 길 막아서며 덧없이 비틀댄다면
그건 또 얼마나 쓸쓸한 일인가?

하여 떠난 이의 흔적

적당히 지우며

남겨진 하나를 다시 기억하는 게

살아가면서 할 일

지금 떠난 이의 채취를 지우듯

콘크리트 면을 고르고 있다

시선의 결론

아무것도 하지 못할 것 같은 사람
기막힌 요리를 하고 품위 있게 먹는다

한 남자, 상상도 할 수 없는
가격의 스포츠카에 청순 발랄
그 여자와 휘날리는 도로를 질주하고 있다

누구나 나 아닌 그 무엇을 바라보며 산다
그러므로 바라보며 산다는 것은 필생의 구원
찬란하게 펄럭이는 상상이거나 처절한 기원
침묵이 반짝이는 금이라도 해도
시선의 결론은 이루어지지 않는, 간절함이다

누구와 무엇을 하며 어떻게 살아야 할지
코딱지만 한 유산에 대하여 터무니없는
로또 당첨 확률에 대하여 소주 한 잔에
울컥, 덧없는 삶을 위로하며 뒤엉켜 살아간다

재개발제한에 묶인 낡은 아파트 한 채와 아이와 아내에게
줄 폐차 직전의 자동차와 쓸모없이 나뒹굴고 있는
임야 약간, 바닥난 은행 잔고…,
감추려고 해도 감출 수 없는 공직자 재산등록

넋 나간 듯
넋두리에 기가 막힌 듯

본디 삶이란 부러워하며 사는 것이다

정전

어둠 속에서 외계와의 교신을 본 적이 있어
비 오고 천둥 번개 치는 지평의 끝에 맞닿은
최상층 건물 옥상 우뚝 솟은 피뢰탑에서 외계를 향해 쏘아 올
리는,
모르는 사람들은 충격적이라고 말하겠지만
마치 내가 널 처음 본 푸른 순간처럼,

쏟아져 내린다는 건 흘러가야 한다는
명제가 필요하듯 통하지 않는 건
교신이 아니라는 걸 비 오고 천둥 번개 치는 날
섬뜩한 솟구쳐 오르는 빛의 줄기를 보면 알 수 있지
너를 다그쳐 일으켜 세운 건
쏟아지는 격려와 어둠의 길을 트던
채찍들의 끝없는 교신
모르는 척 동행하고 있었던 것처럼

유년의 칠흑 같은 여름밤 강가
차돌멩이 맞부딪치면 번쩍, 불꽃이 일었어

그땐 화석으로 변이된 외계의 교신기인 줄도 모르고
허공을 향해 신호를 쏘아 보내면
반딧불이 어둠을 밝히고 먼 별빛 유난히 반짝였지

믿기 어렵겠지만
천둥 번개 요란한 외계를 향한 무한교신과
뜻밖의 조우가 이루어지는 깜깜한 밤
갑자기 온 세상 불이 꺼지고
하늘 끝에서 내려오는 서늘한 불빛
저 먼 외계와의, 기막힌 소통

고향 춘천이거나 그냥 춘천

모든 걸 가리우는 안개이거나
이런저런 기억이 맴돌아 어리는
짙은 어둠이 깔린 강둑을 걸었다

어느 쪽에도 속하지 않은 내가
다행인 적은 없었다

바람을 등지고 걸을 때 스쳐 가거나 뒤따르는 사람의 기척을
들을 수 없는
홀로인 게 더 좋았다, 나는

강 건너 불빛을 바라보는 일
슬픔을 희망으로 간직하는 일
그 속에서 뒤척이는 일
점점 가까워진다고 믿은 착각이 길의 어둠을 더욱 진하게 만
들었지만

어제의 그 길이라는 걸 안다

소원하는 것들은 점점 멀어지거나 흩어지고
다정하거나 외면하거나 상관없이 사람들은
아무렇지 않게 길을 간다

아! 고향 춘천이거나 그냥 춘천

차라리 어느 쪽에도 속하지 않은 내가 다행인 적은 없다

사량도

이름도 사랑 같은 통영 사량도 산행에 올랐더니
천지사방 다 사랑 같더라
오르는 촉촉한 숲길은 우연히 만나 사랑한
그녀 가슴골 같았고
발아래 수우도 그림 같은 절경은
오롯이 지켜봐 주던
아늑한 그녀의 마음 같다
흔들면 흔들리는 기암괴석과 구름다리
그 절벽 아래 짙푸른 남해바다
소담한 대항마을에 취하여
사랑, 사랑하다 이르는 사량도 옥녀봉
참아내지 못할 벅찬 어느 날의 그리움
상도와 하도 사이의 대교처럼 이어지기를
수직의 계단을 오르내리며 빌어보는데
점점이 떠 있는 수많은 섬들
갓 피어난 매화꽃 애기동백꽃
다시 또 오라 웃으며 손짓하고 있다

아쉬움에 뒤돌아보는 다도해의 풍경 속
섬 하나 아련히 하늘에 걸려 있다

소나무 이력

아파트 신축현장
크레인 목줄에 매달린
심드렁한 척
등 굽은 소나무가 자리를 잡고 서 있다

직립의 중심은 뿌리에 있는 거라며
위에서 아래로
위에서 아래로 몸을 흔드는
활착의 몸부림
새삼 그리워지는 한때의 올곧음이여

하늘을 향해 뻗은 꼿꼿함보다
병풍처럼 늘어선 어느 숲길의 당당함보다
휘영청 굽이친 그늘의 둘레가 더욱 정겨운,
이천이십 년 어느 달 어느 시
이 자리에 머무르게 되었음을 알리는
작은 명판 하나

소나무 여기 심다

크리스마스이브의 개꿈

　크리스마스이브의 아이처럼 산타클로스의 선물을 받는 꿈을 꾸었다 그 꿈을 꾸다가 고단한 잠 속으로 빠져들었다 잠 속으로 늙은 개가 끄는 마차를 타고 온 산타클로스가 씨익, 웃으며 늙은이에게 제격이라며 무겁지 않은 선물 보따리를 풀어 놓았다 *로또복권*, 로또아닌복권, 그리고 돈이되는복권과 돈이되지 않는복권, 세상의온갖복권들이 뒤섞여 있었지만 어느 것 하나 쉽게 선택할 수 없었다 깊은 잠 속의 내게 형편없는 결정 장애라고 늙은 산타클로스와 개가 동시에 투덜댔지만 빌어먹을 세상은 분명, 꿈속에도 존재하고 있었다 계속 지루하고 무료한 잠 속에서 이룰 수 있는 꿈만 꾸라고 재촉하는 현실로 돌아오고 싶었으나 그럴 수 없었다 늙은, 개와 산타클로스와 내가 주도하는 크리스마스이브의 꿈, 이제 떠나야 할 시간이라고 그만 깨어나라고 자꾸 발가락을 깨무는 늙은 개가 나오는, 바짓가랑이를 자꾸 물어 당기며 컹컹 짖어대는 완전 개판인 늙은 꿈속의 꿈, 그런데 왜 생은 찌릿찌릿 저리고 당겨지기만 하여 어디로 가는지 알 수 없는 것일까?

거스를 수 없는 것들에 대하여

풀은 왜 바람이 지나는 방향으로 눕는가?

언제까지나 함께해야 하므로? 본디 나눔이란 몸과 몸을 포개어 서로에게 의지하며 낮은 곳으로 임해야 하는 것이므로? 따뜻하거나 슬프거나 예정된 것들은 반드시 매몰차게 행해져 왔으므로? 돌은 돌대로 수천 년 세속을 뒹굴며 마음의 도를 닦고 물은 물끼리 모여 제 속에 성대한 집을 지으며 끝없이 일렁이고 나무는 바람의 결을 따라 그늘의 둘레를 키우고

바람을 거슬러 허공을 나는 저 새들 역시 회향의 운명을 타고 났으므로? 세상 어디에도 정물靜物은 없으므로? 바람의 얼굴은 떠나는 이의 뒷모습, 쓸쓸함으로 귀결되므로?

결국 우리는 서로 맞잡고 돌아갈 수밖에 없는 사이라는 걸 인지할 때 거스를 수 없는 것들은 시시때때 소리 없이 다가오거나 바람처럼 지나간다

절망의 벽을 넘어
희망의 길로 가는 여정

이 승 하

(시인 · 중앙대 교수)

절망의 벽을 넘어
희망의 길로 가는 여정

이 승 하

(시인 · 중앙대 교수)

　요즈음 들어 인간의 역사 혹은 인류의 역사를 종종 생각해
보게 된다. 21세기를 맞이하는 순간, 전 세계는 폭죽을 터뜨리
며 환호했지만 20년이 지난 지금 미증유의 환난에 봉착해 있기
때문이다. 프랑스의 마크롱 대통령은 대 국민 포고령을 내렸다
고 한다. 15일 동안 온 국민은 특별한 용무가 없는 한 집 밖으
로 나가지 말라고. 그러나 생각해보면 유럽 인구의 절반이 줄
었다는 페스트도 있었고 1918년의 스페인독감은 5,000만 명의

목숨을 앗아갔다. 우리나라도 천연두나 콜레라, 장티푸스 같은 역병으로 수많은 사람이 한꺼번에 목숨을 잃기도 했다. 이번 사태가 심각하기는 하지만 인류가 또 잘 극복해낼 것이라는 희망을 갖고 하루하루를 살아간다. 다만 또 다른 진화된 바이러스가 등장해 더 심각한 사태를 초래할지, 그것이 걱정된다.

시집 해설을 쓰는 자리에서 왜 이런 어두운 얘기를 하고 있는 것인지, 독자는 의구심을 갖고 이 글을 읽고 있을 것이다. 정중화 시인의 제4시집의 시편들을 읽으면서 제일 많이 해설자의 뇌를 스친 시어는 '생'과 '길'이었다. 옛 사람들은 인간의 일생을 길에 비유했기에 '인생행로'라는 말이 생겨난 것이리라. 인생유전, 인생극장, 산전수전, 파란만장 같은 한자성어도 하나의 생명체가 이 지상에 태어난다는 것과 지상에서 목숨을 부지한다는 것 자체가 만만치 않은 일임을 가르쳐주고 있다. 만만치 않은 게 무엇인가. 위대한 일이다. 우리 인간 모두, 아니 뭇 식물과 동물도 마찬가지다, 생을 영위한다는 것은 위대한 역사役事이고 그 역사가 모여 역사歷史가 된다. 개인사가 모여 가족사가 되고, 가족사가 모여 지역사가 되고, 지역사가 모여 국가의 역사가 되는 이치와도 같다. 살아 있기에 무엇인가가 이루어지고 그것이 역사가 된다. 제1부에 이런 시가 나온다.

얼마나 붉고 푸른 말인가?

106

그대와 나 마주치기 전부터
스쳐 지나는 순간을 건너
되돌아와 손 맞잡을 때까지
죽는 날까지 함께 하겠다는 약속
애틋한 사랑의 결과로
또 하나의 생이 탄생할 때까지
어미 소가 송아지 털을 보듬어 핥듯
본디 자애롭고 뜨거운
절절 끓어 어느 하루 편한 날 없겠지만
누구도 끊어 낼 수 없는
당신과 나, 우리로 거듭나게 하는
고귀한 유대의 매개여

—「생」전문

첫 행의 '말'은 "죽는 날까지 함께 하겠다는 약속"으로 이어지므로 '馬'가 아니고 '言'이다. 화자는 '내'가 '그대'와 만나 '우리'가 되는 것이 생이라고 한다. "애틋한 사랑의 결과로/ 또 하나의 생이 탄생할 때까지"라는 구절은 아내가 읽어주기를 바라고 쓴 것 같은데, 아무튼 양성생식을 하는 모든 생명체는 사랑의 결실이 곧 생명이다. 부모는 사랑의 결실인 2세를 또한 사랑으로 키우게 된다. 인간세상에서는 부모형제 간에도 끔찍한

일들이 벌어지지만 동물의 세계를 보면 부모자식 간의 정이 참
으로 애틋하다. "어미 소가 송아지 털을 보듬어 핥듯"이라는
구절에 달려 있는 각주 "그루밍(grooming):이물질 제거, 정서적
안정, 친근한 유대"의 의미가 심장하다. 어미 소가 송아지 털을
핥아주는 것은 이물질을 제거하는 것 외에 정서적 안정을 느끼
게 해주고(네 곁에 내가 있으니 안심하라는 뜻), 친근한 유대를
표하는 것이란다(우리는 부모자식 간이라는 사실을 주지시킨다
는 뜻). 그리고 나서 "누구도 끊어 낼 수 없는/ 당신과 나, 우리
로 거듭나게 하는/ 고귀한 유대의 매개"가 생이라는 결론에 도
달한다. 해설자는 생명과 생애에 대한 시인 나름의 정의가 이
한 편의 시에 오롯이 담겨 있다고 본다. 이번에는 시인의 인연설
을 들어보자.

회오리치는 모래바람 속에서 우연히 맞잡은 당신의 손, 우리의
만남은 필연이었다고 말할 것입니다. 안녕, 다정한 단 한마디의
말이 내게 온전한 위로로 다가왔듯 당신을 만난 참 이유가 되기
도 합니다.

— 「인연」 끝부분

한 사람이 한 사람을 만나 사랑하고 가정을 이루고 슬하에

자식을 두는 것은 지극히 일반적이고 자연스러운 인륜지대사인데 불가에서는 그것을 '因緣'이라고 한다. 우연히 일어난 일인 듯하지만 필연이 연속되는 것은 인연 덕분이다. 그런데 그 인연이 왜 소중하냐 하면, "안녕, 다정한 단 한마디의 말이 내게 온전한 위로로 다가왔기" 때문이다. 인연이 소중하다면 우리는 그 인연을 이어가기 위해 말 한마디도 "온전한 위로"의 말을 해야 한다. 부모형제 간에도, 부부지간에도. 가까운 사이일수록 말도 조심해서 하고, 경애의 마음으로 대해야 하거늘.

해설자는 정중화 시인과 일면식도 없지만 아내에 대한 마음이 지극한 분임을 알 수 있다. 시집에 아내에게 사랑고백을 이렇게 많이 하는 경우를 나는 보지 못했다. 책잡힐 일을 해 일부러 이렇게 공개적으로 사랑고백을 해야 하는 상황인가? 공처가가 아니라 거의 驚妻家 수준? (하하, 농담입니다)

당신 아닌 다른 이와 별식도 아닌
한 끼의 식사를 하다, 문득
눈물을 삼켜야 했다.
세상 어디에 눈물 없는 간절함이란 없듯
그리움 없는 당신은
내게 없다는 걸 기다림에 지친
붉은 얼굴의 노을이 안식의 어둠에 드는 걸 보면
안다. 다 안다.

당신과 나, 우리는
서로 사랑하지 않고는 견딜 수 없다는 걸.

— 「다 안다」 전문

시인은 아내와 외식을 한 것도 아니고 다른 이와 평범한 한 끼의 식사를 하면서 감동하여 눈물을 흘린다. 같이 살면서도 그리워하는 존재가 아내라면, 기다림에 지치는 존재가 남편이라면 천연기념물이라고 해야 하지 않을까. 남녀 간의 성적 매력을 느끼게 하는 뉴트로핀(nutropin) 호르몬은 만난 후 1, 2년이 지나면 더 분비되지 않는다고 하는데 말이다. "당신과 나, 우리는/ 서로 사랑하지 않고는 견딜 수 없다는 걸"이라는 결구는 진심에서 우러난 말이라고 생각한다. 대중가요마다 넘쳐나는 것이 '사랑'인데 사실 실감이 가지 않는다. 구체적이지 않고 그냥 사랑한다고만 하기 때문이다. 그런데 정 시인의 사랑시편은 정황이 아주 구체적이다. 다음 시를 보자.

용기 내어 고백한 메시지
당신은 읽지 않고
하루 종일 괜한 조바심으로
들여다보는 당신의,

갑자기 울릴 것 같은
전화벨 소리.

하릴없이 바라보는 허공 속으로
초점 잃은 시간이 어슬렁댑니다.

— 「그랬으면 합니다」 부분

이 시의 대상이 아내인지 아닌지는 중요하지 않다. 시적 화자
의 누군가를 향한 그리움의 정도가 중요한 것이다. 온종일 이
토록 초조하게 기다리는 마음이라면 당신을 향한 그 열망과 열
정의 온도를 짐작할 수 있다. "싸워보지도 않고 두 손 든/ 여
자 옆에 서 있는 남자// 빛난다!"(「빛난다」)라고 했으니 세상살
이의 비법을 너무나 잘 알고 있다. 외유내강의 인생철학을 갖고
있는 분에게 모난 돌이 정 맞는다는 말을 해줄 필요가 없다. 설
사 이별의 순간이 와도 "떠난 것은 그대이고/ 기다림은 내 몫이
라"(「별다른 이유가 없었네」)고 말하는 시인, "마른나무 등 뒤
로 설렁설렁 걸어오는/ 화창한 봄날 사랑은 다시 시작되리니"(
「초록」)라고 말하는 시인, 그의 이름은 정중화이다. 그런데 두
사람의 인생행로가 그저 평탄한 길로만 이어질까? 늘 화창한
봄날이고 천국의 나날일까?

당신은
아니라고, 이 길은 나의 길이 아니라고
부정하며 소리치는
또 하나의 당신 비명을 듣고 있고

산다는 건 이도 저도 아닌
희망이거나 아주 슬픈 희생의 결기를 지닌
어떤 못을 지나는 한 생의 찰나, 가끔
작은 연못 한 곁에 잔잔한 파문으로 던져 보는
무수한 당신의 길 같은
고요의 물수제비.

—「어떤 못」 후반부

이 시의 못은 처음에는 '釘'인데 나중에 '池'로 바뀐다. 못을
박는다는 것이 "당신 대신 못 박혀 어둠 지새우고 있고" 같은
구절로 보아 '박혀'의 의미를 갖고 있었는데 나중에는 "어떤
못을 지나는 한 생의 찰나"에 이르니 고여 있는 물인 연못으로
바뀌어 있다. 사람 사이의 관계가 '갈등'을 야기하고 '상처'를
주는 것이 아니라, 마음에 "잔잔한 파문"을 일으키는 "고요의
물수제비" 같은 것이라면 얼마나 좋을까. 「어떤 못」을 그런 소
통의 희망을 피력한 시로 읽는다.

시인의 나이 어언 예순이다. 이순耳順을 맞이하여 아내에게 또 한 편의 시를 바친다. 이 시는 시인이 고향 춘천을 떠나 일자리 때문에 진주에 가 있는 것을 감안해서 읽어야 한다. 자신이 얼마나 이기적인 생을 살아왔는지 반성하는 자세가 역력하다. "내가 나만 보고 있었다는 사실을 전혀 깨닫지 못했다."가 이 시의 주제일 것이다.

당연한 당신이 바뀌기 시작했을 때 시간이 힐끗, 나를 쳐다보며 지나갔고 울컥한 나는
내가 나만 보고 있었다는 사실을 전혀 깨닫지 못했다.

변하지 않을 건 끝내 변하지 말아야 한다, 강하게 말하고 싶었지만 그렇게 할 수 없었다.

털 빠진 개처럼 축, 처진 내가 지친 몸을 이끌고 터덜터덜 아무도 없는 집으로 돌아가고 있었다.

— 「이순」 후반부

좋은 관계가 계속 유지되기 위해서는 어느 한 쪽이 이기적이어서는 안 된다. 결국 화합과 조화가 필요하다. 양보와 배려가

필요하다. 이순이 되어 깨달은 것이 바로 이것이다. 공자가 말하지 않았는가. 예순 살부터는 생각하는 것이 원만해져 어떤 말을 들으면 곧 이해가 된다고. 즉, 사람은 60년을 살아봐야 이 이치를 깨달을 수 있다는 것이다. 담쟁이는 벽을 길로 만든다. 이것을 깨닫는 데도 60년이 걸렸다.

아이에게 나는
희망의 길이었을까
절망의 벽이었을까, 묻고 있는데

풍경 바라보다 문득
뭔가 깨달은 듯 미소 짓는 아이

경계를 유연하게 타고 넘는
담쟁이의 푸르른 길
그 따뜻한 풍경이 눈앞에 펼쳐져 있었다.

— 「따뜻한 풍경」 후반부

담쟁이는 벽을 타고 올라가면서 길을 낸다. 화자는 절망하고 있는 집의 아이에게 가던 길 포기하지 말고 걸어가면 그뿐이라

고 하자 아이는 젖은 눈망울을 하고 화자를 바라본다. 그 눈
망울을 보고 나란 존재가 아이에게 그간 '희망의 길'이었을까
'절망의 벽'이었을까 자문한다. 아이는 화자의 말이 아니라 담
장이를 보고 미소를 짓는다. 마치 붓다가 들고 있는 연꽃을 바
라본 가섭인 양. "경계를 유연하게 타고 넘는/ 담쟁이의 푸르른
길"은 "따뜻한 풍경"이다. 이 시집의 주제가 집약되어 있는 시
편이다. '길'은 사람들이 계속 가야지 만들어진다. 담쟁이가 자
라면서 길을 만들었기에 담을 넘어갈 수 있다는 것은 진리치고
도 평범한 진리지만 우리가 이것을 실천하는 것은 사실상 얼마
나 어려운가. 그저 꾸준히 앞을 보며 걸어가는 수밖에, 다른 방
도가 없다.

　　가까운 사람이 자꾸 멀어질 때
　　의심이 의심을 낳고 불신과 동행하려 할 때
　　외로움이 외로움을 점점 멀리하려 할 때
　　죄 사하는 길은 애오라지 걸어야 한다며
　　또각또각 따라오는 나무계단길
　　회초리에 멍든 낙엽이 사뿐사뿐 깔린
　　비봉산 에나로 산책길에 휴지 하나
　　버려지지 않는 이유가 있다.

　　　　　　　　　　　　—「에나로 성당」 끝부분

비봉산 에나로 산책길에서 화자는 "죄 사하는 길은 애오라지 걸어야" 하는 것임을 깨닫는다. 그런 마음을 화자만 갖는 것이 아니다. 휴지 하나 버려져 뒹굴지 않는 청정한 공간은 타인을 배려하는 착한 마음이 낳은 결과물이다. 이번 시집에서 해설자의 마음에 꼭 드는 시가 있으니 「끼어들기」다. 운전자들에게 있어 끼어들기 행위는 아주 기분 나쁜 행위인데 시인은 역설적으로 사람 사이의 관계를 부드럽게 하는 것이 바로 끼어들기가 아니겠냐고 역설직으로 말한다.

외사랑이기 때문일 겁니다. 아마

생애 단 한 번뿐일 거라는 짧은
생각 뒤의 긴 허무를 모를 만큼
헛되이 살아온 것이 아님을 알기에

힐끗 스치는 백미러에 비친 아릿한
각인, 그 모습 애처로워 차마
잊을 수 없음이 전부가 아님을 알기에

―「끼어들기」 전반부

힐끗 스치는 백미러에 비친 것이 끼어들기를 시도하는 차량인가. 제대로 알리고서 끼어들지 않고 얌체행위를 하거나 무리하게 끼어들면 화가 나는 법인데 "그 모습 애처로워"라는 표현으로 보건대 이 시의 화자는 이해심이 많다.

누구는 고독이 눈부시다, 했겠지만
침묵을 잠식하는 고독이란 슬픔을 동반한
칙칙한 유색이라는 게 알려진 유일한 정설
그리움이란 때때로 어둠에 젖어 오로지 그대라는
전부를 향해 꿈길 떠나는 아득함이기도 하겠지만

이 사람 저 사람 그리움을 향해 달리는
그들을 젖히고 또 젖히며 온 몸
땀에 젖는지도 모르고 끼어들기를 하며
그대를 향해 가고 있습니다.

— 「끼어들기」 후반부

끼어들기란 것이 운전자의 행위만을 두고 얘기하는 것이 아니다. 고독의 극복과 관계의 형성에 꼭 필요한 것이다. "이 사람 저 사람 그리움을 향해 달리는/ 그들을 젖히고 또 젖히며 온 몸/ 땀에 젖는지도 모르고" 하는 것이 끼어들기다. 그대를 향해 가기 위해서 하는 행위이므로 승용차 끼어들기를 말하는 것이 아니다. 우리는 끼어들기를 할 줄 알아야 한다. 결혼도 프러포즈를 해야 이루어지듯이. 끼어들기라고 해서 가로채기를 생각하면 안 되고 관계 맺기 정도로 생각하면 되겠다. "이리저리 어우러져 사는 게 세상이다."(「세상의 단면」)나 "다만 오로지 생의 전체를/ 그저 충만한 마음 하나로."(「잘」) 같은 구절에서도 시인의 긍정적인 세계관을 엿볼 수 있다. 이제 길에 대해 본격적으로 연구한 시를 보자.

넓고 빠른 길을 두고 굳이 비포장 잿길이나 굽고 휘어진 길을 에워서 돌아가거나 남들이 가지 않는 푸서릿길이나 자드락길로 접어든 그를 보며 호젓함을 떠올릴 것이다. 유년의 울타리 뒤꼍이나 가을의 끝자락 노을 앞 서덜길에서 그와 자주 부딪치는 이유겠지만 사람은 본디 홀로 갈 길 가기 마련이니 벼룻길 지나다 그도 휘청대거나 흔들릴 것이다. 시시때때 둥그러지거나 휘어진 등굽잇길로 돌아갈 것이니 두 번 볼 일 없는 것처럼 천천히 세밀하게 그의 면면을 살펴야 할 일이다.

— 「추억과 만나는 법」 전반부

세상에 길이 이렇게 많다니. 길이 많다는 것은 살아갈 수 있는 방법이 많다는 뜻이 아닐까. 좁은 길, 넓은 길, 편한 길, 위태로운 길, 시골길, 도시의 길, 풀이 무성하게 난 길, 풀이 없는 길, 산속의 있는 듯 없는 길, 사막의 없는 듯 있는 길, 비탈길, 경사진 길, 농로, 신작로, 험로, 탄탄대로……. 이 시에서는 '그'는 불특정 타자다. "훗날 그가 다시 돌아오지 않는다 해도 기뻐 들뜨거나 슬퍼 체념하지 말며 세월의 뒤안길에서 함께 한 시간들을 기억하며 그와 만날 채비를 하면 될 일"이라고 한다. 가다 보면 길이란 험난할 수도 있고 평탄할 수도 있다. 가지 않은 길을 두고 후회할 필요도 없다. 우리는 "겉모습으로 그의 정체를 유추하지 말 것"이며 "냉정하게 일정거리 밖에서 손인사만 해야 할 것"이다. 그것이 '추억과 만나는 법'이라고 시인은 말한다. 길은 한자로 '道'인데 가야 할 길을 안다는 것은 도를 통한다는 것이다. 우리는 모두 우리는 길의 자식이고 길의 후손이다. 산도를 통해 세상에 나와 저승길로 간다. 제4부의 두 번째 시는 시인의 직업과 관련이 있는 듯하다.

여윈 하루가 저물어 어둠 속으로 가듯
다시 반기어 여명이 오듯
얽매어 숨 막히던 청춘의 시대는 가고
감리의 계절이 왔나니

한 생의 반을 지나온 굴곡진 시간들이여
불면에 갈증 난 詩들이여
네 뜻대로
네 마음대로 가라.

　　　　　　　　　—「감리의 계절」 끝부분

　　이 시의 '監理'를 감독하고 관리하는 뜻으로 이해해도 되지
만 억압이나 제지의 뜻으로 이해해도 크게 잘못된 것은 아니리
라. 화자는 말한다, "이 생의 대부분을 나 아닌 다른 이를 더 많
이/ 그리워하고 사랑했었다"고. 시인이었기에 그러했으니 "불
면에 갈증 난 詩들이여/ 네 뜻대로/ 네 마음대로 가라"고 한다.
시는 일단 발표되면 독자를 찾아가서 독자의 것이 된다. 어느
날은 "시를 쓴다고/ 다 시인은 아닌 것 같다"(「시인 유감」)고
자책하고 어느 날은 "위로하고/ 다독이는 힘으로/ 슬픈 잉여의
단어들이/ 꽃으로 피어났다"(「유고시집을 읽다」)고 하면서 시
의 기능에 대해 옹호한다. 이 가혹한 질환의 시대에 그래도 우
리 인간은 시가 있어서 위로받을 수 있다는 것이다. 자, 이제 시
인의 고향 이야기에 잠시 귀를 기울여 보자. 춘천은 흔히 호반
의 도시라고 한다. 호수가 많고 소양강, 공지천, 춘천댐 같은 것
이 안개가 자주 낀다.

모든 걸 가리는 안개이거나
이런저런 기억이 맴돌아 어리는
짙은 어둠이 깔린 강둑을 걸었다.

어느 쪽에도 속하지 않은 내가
다행인 적은 없었다.

바람을 등지고 걸을 때 스쳐 가거나 뒤따르는 사람의 기척을
들을 수 없는
홀로인 게 더 좋았다, 나는

—「고향 춘천이거나 그냥 춘천」 앞부분

시인의 유년시절이나 성장기가 어땠는지는 알 수 없지만 상
당히 외롭지 않았나, 유추해 본다. 제목을 보니 춘천을 고향이
라고 생각해 외지에서 애틋하게 그리워하지는 않는 것 같다.
사람들이 당신 고향이 어디냐고 물으면 춘천이라고 대답은 하
지만 홀로인 것이 더 좋았던 그 시절, 그곳에서의 나날에 뭐 그
리 대단한 것도 없었고 자랑할 만한 것도 없었다. 그는 그곳에
서 다만 길을 걸었을 뿐이다. 어제의 그 길을 오늘도 걸었다.
(해설자 자신 고모님 한 분이 춘천에 사셔서 2, 3년에 한 번 정
도로 갔는데 갈 때마다 거의 변함이 없는 도시가 춘천이다.)

강 건너 불빛을 바라보는 일

슬픔을 희망으로 간직하는 일

그 속에서 뒤척이는 일

점점 가까워진다고 믿은 착각이 길의 어둠을 더욱 진하게 만들
었지만

어제의 그 길이라는 걸 안다.

소원하는 것들은 점점 멀어지거나 흩어지고

다정하거나 외면하거나 상관없이 사람들은

아무렇지 않게 길을 간다.

아! 고향 춘천이거나 그냥 춘천.

차라리 어느 쪽에도 속하지 않은 내가 다행인 적은 없다.

— 「고향 춘천이거나 그냥 춘천」 뒷부분

시인의 고향에 대한 노래가 좀 시큰둥하다. 하지만 분명한
것은 "슬픔을 희망으로 간직하는 일"이고, 오늘 가는 이 길이
"어제의 그 길이라는 걸 안다"는 것이다. 춘천을 '고향'이라는
인식을 갖고 추억하거나 그런 개념이 없이 추억하거나 별반 다

를 것이 없다. 그런 점에서는 춘천이 낳은 시인 이승훈·최승
호과 별 다를 바가 없다. 애절하게 고향노래를 부른 시인이 없
었다. 춘천사람들은 기질이 "다정하거나 외면하거나 상관없이"
"아무렇지 않게 길을" 가는 사람들인가. 그 자신 춘천사람인
것을 부인할 생각은 추호도 없을 것이다. 단지 무뚝뚝하게, 우
직하게, 앞을 바라보면서 걸어갈 뿐이다. 그것이 인간의 길이므
로, 시인의 길이므로. 정중화 시인의 길 위에서의 명상을 한 번
만 더 살펴보기로 하자.

> 내 몸 어디에도 내[我]라는 표시하지 않고
> 여태껏 살아왔다. 비록 통속할지언정
> 내 길 위에 나만 서 있지 않았으며
> 네 길 위에 찢어진 내 신발조차 버리지 않았다.
> 고통이며 절망 따위의 거추장스러운 것들
> 가라며 이젠 다 가라며 돌아서 나온 그 길
> 또 하나의 좁고 구부러진 새 출발
> 이젠 괜찮을 거라 위안하며 다짐했건만
> 의지와는 다른 끝이 보이지 않은 길
>
>   —「어떤 날은 슬픔을 먹고 사는 것이다」 앞부분

이 시는 시인으로서 지난 17년 세월 동안 "의지와는 다른 끝이 보이지 않은 길"을 걸어왔다는 일종의 고백록이다. "내 길 위에 나만 서 있지 않았으며"는 가족 혹은 독자와 함께 서 있었다는 뜻일까. "네 길 위에 찢어진 내 신발조차 버리지 않았다"는 것은 내 누구에게 피해 주는 일은 한 적이 없었다는 뜻인 것 같다. "지나온 시간이 울컥, 슬픔을 전하"기도 하지만 어쩔 것인가 시인의 길로 들어선 것을. "어떤 날은 슬픔을 먹고 사는 것"이며, "먼 길 가는 나그네의 눈물을 먹고 커가는 것"이려니.

이제 제4시집과도 이별해야 한다. 정중화 시인은 제5시집으로 난 길을 또다시 뚜벅뚜벅 걸어갈 것이다. 해설자가 해야 할 일은 그의 행보를 지켜볼밖에, 달리 무슨 일을 할 수 있으랴. 문운(文運)이 장구하기를 빈다. 그 길이 너무 험해서 "내 지친 마음이 내 육신을 더욱 지치게" 할지라도 계속 걸어갈 것임을 나는 믿어 의심하지 않는다.

정중화 ─────────────────────────────────

• 정중화 시인은 한밭대학교 금속공학과를 졸업했으며 2003년《문학세계》등단했다. 시집으로『징조
처럼 암시처럼』『바람의 이야기를 듣는 법』『당신의 빈틈을 내가 채운다』가 있다. 수향시낭송회 회장
과 삼악시동인회 사무국장을 역임했으며, 춘천문화재단(2016, 2020), 강원문화재단 지원금(2018)을 수
혜하였다. 공무원(춘천교육대학교 설비팀장)으로 퇴직한 후, 현재 ㈜길종합건축사사무소이엔지 감리부
이사로 재직 중이다.

시와소금 시인선 115

볼록거울 속으로

ⓒ정중화, printed in Seoul, Korea

초판 1쇄 인쇄 2020년 05월 10일
초판 1쇄 발행 2020년 05월 15일
지은이 정중화
펴낸이 임세한
펴낸곳 시와소금
디자인 유재미 정지은

출판등록 2014년 1월 28일 제424호
발행처 강원 춘천시 충혼길20번길 4, 1층 (우-24436)
편집실 서울시 중구 퇴계로50길 43-7 (우-04618)
전화 (033)251-1195(팩스겸용), 휴대폰 010-5211-1195
전자주소 sisogum@hanmail.net
ISBN 979-11-6325-012-8 03810

값 10,000원

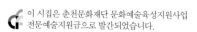 이 시집은 춘천문화재단 문화예술육성지원사업
전문예술지원금으로 발간되었습니다.